Zoey
and Sassafras
佐伊总是有办法

猫猫蝶与冰雪
Caterflies and Ice

Story By Asia Citro

Pictures By Marion Lindsay

[美]爱莎·西特洛 —著 [美]玛丽安·林赛 —绘

夏高娃 —译

北京联合出版公司
Beijing United Publishing Co.,Ltd.

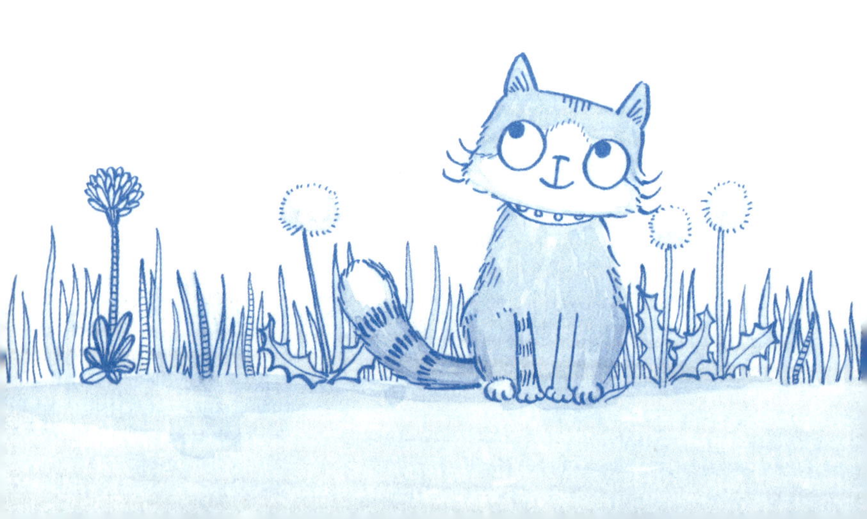

目录

序章		1
第一章	春雪	2
第二章	雪鞋	5
第三章	原来是猫猫蝶	11
第四章	到森林去	24
第五章	和猫猫蝶碰面	29
第六章	破冰！	33
第七章	时间刚刚好	40
第八章	别再下雪啦！	44
第九章	实验	50

第十章	橡皮土豆	54
第十一章	雪终于停啦！	62
第十二章	这是魔法吗？	77
第十三章	时候到了	82
第十四章	谁在敲门？	92

术语表　97

序章

最近几天，我和小猫萨萨总是焦急地盼着谷仓后门的门铃赶快响起来。我知道许多人都会因为门铃响起来而开心，因为这可能表示快递员送来了装着礼物的包裹，或者一个朋友来玩了。不过，还是我们家的门铃更令人兴奋，因为它是魔法门铃！每当门铃响起，就意味着有一只需要帮助的魔法动物出现在我家谷仓外面。我的妈妈从小到大一直在帮助这些动物。而现在我也开始帮助他们啦……

第一章

春雪

晶莹剔透的雪花在空中飞舞,这些小冰晶纷纷扬扬地落到我的脸上。

真凉呀!我咧嘴笑了起来。

下雪最棒了!而现在这一场雪更是特别棒,因为它是一场出人意料的春雪。我原本以为要等上整整一年才能再次看到雪呢。

我弯下身子,从草地上抓起一大把松松软软的白雪,却突然听见背后传来砰的一声。

我转过头去,看见一颗橙色的小脑袋正贴在窗户上。

"喵——呜——"

可怜的萨萨,他最讨厌水了。而他热乎乎的小猫爪子一踩到雪上,雪就会立刻化成水。所以我有多喜欢雪,萨萨就有多讨厌它。

"喵——呜——"又是砰的一声。

我深一脚浅一脚地走到窗边,把手搭在窗框上,房子里面的萨萨也把爪子搭在同一个位置。嗯……

"等我一下,萨萨。我这就去找动脑筋护目镜,肯定有办法让你既能跑出来玩,又不把身上弄得湿漉漉的!"

我跑到谷仓外面，探头向里面看了看。我的动脑筋护目镜果然在那里，边上还放着妈妈以前的一些科学笔记。

我拿起动脑筋护目镜，又花了一点时间摸了摸笔记里的一张照片。笔记上说这张照片里的动物叫作"蓬蓬仙"（这个发音可真是好玩），而我甚至隔着照片都能摸到它像绸缎一样又软又滑的皮毛。这让我不禁微笑起来，魔法动物的照片总是那么有意思。妈妈给了我一台属于我自己的照相机，我每帮助一只魔法动物，就可以给它们拍一张照片，然后把这些照片粘在我的科学笔记里。因为每张照片里都会保留下一点点动物们的魔力，所以，这是让我记住这些会魔法的朋友的好办法。

我把动脑筋护目镜戴在头上，让它刚好待在离脑子最近的地方（这样我能更快地想出主意来），然后立刻跑回去找我那只可怜的小猫，他还坐在窗边等着呢。

第二章

雪鞋

萨萨看见我头上戴着动脑筋护目镜,立刻精神起来。

现在我只要想出个主意就行了,没准儿做个雪天使能有点帮助。我躺了下来,来回挥动着双臂和双腿,凉丝丝的雪花让我的后脑勺痒痒的。第一个蹦进我脑子里的主意让我忍不住笑了起来。我想到的是把萨萨放进一个大塑料球里面,他走路的时候塑料球会滚起来,这样他的小爪子就永远不可能沾湿了!这个主意是很好玩，不过萨萨肯定不会同意的。"想得倒是不错啦，动脑筋护目镜。"做完一个雪天使，我就咯咯地笑了。

我站了起来，掸了掸身上的雪，一小团雪花钻进了我的靴子里，让我打了个冷战。第二个主意就在这个时候蹦了出来。"对啦！我喜欢这个主意！"我一边喊着，一边拔腿跑向厨房。

我把靴子放在门口，一把抱起了我的小猫："萨萨，我有主意啦！"我对萨萨说，他咕噜了一阵，用脑袋撞了撞我的脑袋，"咱们现在只需要找妈妈帮帮忙，然后很快就能搞定了！"

"找我帮什么忙呢？"妈妈一边翻着手里的一沓信，一边走进房间。

"我想出了一个好主意。你知道萨萨有多讨厌雪吧？"

"知道啊。"

"我打算给他做一套小雪鞋！这样他就能到雪地里去玩，也不用担心把爪子弄湿了。我刚才戴上动脑筋护目镜，想出第一个主意之后，突然想起桑德家上次带他们的狗狗去雪地里散步的时候，那只小狗就穿着带尼龙搭扣的雪鞋。"

"嗯……"妈妈皱了皱鼻子,"你觉得萨萨会愿意穿吗?"

我认真地看着萨萨的眼睛:"萨萨,如果我给你做一双雪鞋的话,你愿意穿吗?穿上雪鞋,你的爪子就不会弄湿了。"

萨萨也认真地看了看我的眼睛,然后舔了舔我的鼻子。

我和妈妈都笑了起来。

"我们可以试着做一套雪鞋吗,妈妈?可——以——吗?"

"可以,咱们就试着做做看吧。不过,如果萨萨不愿意穿的话,你也别太难过了。"

"我保证不会难过的!你有能防水的布料吗?还有还有,用缝纫机的时候你能帮帮我吗?"我努力对着妈妈做出最甜美可爱的表情。

妈妈咧开嘴对着我笑了笑,招了招手:"咱们去看看我衣柜里都有什么吧。好在萨萨的爪子很小,我们也用不了很多布料。"

我把萨萨放在地上，和他一起跟着妈妈走进客厅。

"哦，我这里好像没有什么防水的布料，"妈妈一边在一大堆布头里翻着一边说道，"尼龙搭扣也只剩下这一小块了。"她举起一小块四四方方的搭扣。

"啊，有尼龙搭扣就很好了，不过这一块只够做一只雪鞋吧。我可不觉得萨萨会愿意只用一只脚蹦着走！"

"我刚好要出去买东西，你把要买的东西列一张清单怎么样？一会儿路过布料商店的时候我就顺便一起买回来了。"

"谢谢妈妈！"我给了她一个大大的拥抱。

我们一起列好了一张清单，妈妈就出门去了。萨萨在我的膝盖上蜷成一团，我一边等妈妈，一边又画了好几种猫猫雪鞋的设计图。就在这时候，我突然听见了一阵铃声。

是魔法门铃！

第三章

原来是猫猫蝶

我和萨萨看了对方一眼,然后一起从沙发上蹦了下来,向着厨房门口跑去。我匆忙套上靴子,对爸爸喊道:"爸爸!我去谷仓里玩一会儿,马上就回来!"

爸爸远远地答应了一声。我打开后门,一脚踩进了亮晶晶的雪里。萨萨紧跟着我在雪地里走了两步,然后就突然僵住了。他一边嘶嘶地抱怨着,一边一头扎进房子里,连蹦带跳地想把爪子上沾的雪水甩下去。

"哎哟，萨萨！"我叹了口气，"你为什么不坐着等着呢？我很快就回来啦。"

我飞快地回去抱了抱萨萨，然后跑向谷仓。我兴奋极了，这次上门的是什么魔法动物呢？会是另外一条龙宝宝吗？会是传说中的"蓬蓬仙"吗？我穿过谷仓，一把拉开了后门。

门外什么都没有。难道这次是假警报？不过有些魔法动物的身子非常小，也许我再靠近一点就能看清楚了？我一边想着，一边弯下腰去。不过眼前似乎除了白雪，还是什么都没有。只是白雪上有一些东西，是一些粉色的小点，那是什么呢？

我伸手戳了戳那些小点。

"哇！！！"我一边叫着一边猛地向后一跳。刚才那堆雪是不是对我嘶嘶叫了几声？

一座小雪山在我的眼前出现了，露出两个毛茸茸的绿家伙，他们背上长着白色的大翅膀，这时候正仰着小脸瞪着我呢。

我忍不住揉了揉眼睛。真有意思啊，他们看起来就像小型的六条腿绿色猫咪，蝴蝶一样的翅膀像雪一样白，上面还长着许多粉色的小点。

"你们……是蝴蝶吗？"我轻声问道。

那两个长翅膀的小家伙看了彼此一眼，又

抬头看了看我。"才不是呢。难道我们看起来像蝴蝶吗？"其中一只问道，还伸出卷卷的长舌头舔了舔毛茸茸的爪子。"我们很明显就是猫猫蝶嘛！"另外一只一边抖着身子一边说，"我们身上全湿透了，实在是冷得不得了呀！你能给我们找个暖和又干爽的地方吗？"

我点了点头，小心翼翼地把这两只小小的猫猫蝶挪到谷仓里的一张桌子上。又搬来一台

小型电暖气打开，猫猫蝶们开心地闭上眼睛，甚至开始……舒服地打起了呼噜？直到其中一只猫猫蝶突然蹦了起来，用爪子捶了一下同伴的脑袋。

"嘿！"被打的猫猫蝶生气地咕哝了一声。

第一只猫猫蝶六只爪子里的四只叉起了腰："咱们可别忘了来这里是干什么的呀！"

他这么一说，两只猫猫蝶都站了起来，转

过头来看着我。其中一个开口问道:"这就是那个可以帮忙的谷仓,对吧?你就是那个会帮忙的人类?"

我点了点头。刚才我还以为他们只是让我帮忙暖暖身子,现在看起来他们可能还有更大的问题。"我的名字叫佐伊,我很愿意帮助你们,可以先跟我讲讲出了什么事吗?"

"天气实在是太冷啦!"第一只猫猫蝶边说边在桌上来回溜达着,"我们原本像每年春

天一样，在寄主植物上产了卵。然后我们就忙着照料这些植物，好让我们的卵能够成功孵化。可是天气不仅没有变暖和，反而越来越冷，甚至下了雪，真是太可怕啦！"

第二只猫猫蝶也插嘴说："我们的卵可不能放在雪里。所以我们真是吓坏了。好在我们的寄主植物就长在离这儿不远的一个小洞入口，我们就把卵藏在洞里了，这样它们就不至于冻坏。"

离这儿不远的一个小洞？啊，我想我知道他们说的是哪里了。我又仔细看了看猫猫蝶们身体的颜色，还有他们翅膀上的花纹，这让我突然想起一件事。

"你们的寄主植物是猫薄荷吗？"我问。

"当然是啦。"第二只猫猫蝶答道。

这些猫猫蝶看起来非常像猫薄荷的叶子和花，所以他们可以轻松地依靠这种保护色躲开捕食者的攻击。这真是高明的伪装！他们的样子尤其像那个小洞前面的野生猫薄荷。我和萨萨每次经过那里的时候，萨萨都会被猫薄荷惹得口水直流，还咕噜咕噜地叫个不停。不过自从去年夏天以来，我们就再也没去过。因为那里总是会有很多泥巴，路上滑溜溜的。我一直希望那个洞能再大一点，这样我就能钻进去看一看了，但是它实在太小了，只有萨萨能钻进去。而且我害怕如果把胳膊伸进去的话，里面会有东西咬我一口。

第一只猫猫蝶清了清嗓子："我们把卵挪进洞里之后，我又突然想到掠食者也可能躲到洞穴里面取暖，假如我们的卵也被发现的话，就一定会被吃光！"

"所以我又想到一个主意，把卵藏到一道小瀑布后面。"第二只猫猫蝶沮丧地垂下脑袋低声说。

第一只猫猫蝶亲切地顶了顶伙伴的脑袋，瀑布那里肯定发生了什么不好的事情，因为第二只猫猫蝶看起来很明显有点伤心。"这又不是你的错。"第一只猫猫蝶对他的朋友说。

我忍不住插嘴问道:"等等——你们是说洞穴里面还有个小瀑布吗?发生什么事啦?"

第一只猫猫蝶回过头来,接着对我说:

"在那个小洞的最深处有一道小瀑布,瀑布里面的水可以直接流到外面的植物那里,可能这也是我们寄居的植物一直长得很好的原因吧。我们发现瀑布后面的石头中间有一个小角落,就把卵藏到了那里。可是我们没有想到天气会变冷呀,更想不到会冷到流水都结冰了!"

我吃惊地伸手捂住了嘴巴:"哎呀!你们

的卵难道被困在冻起来的瀑布后面了吗？"

猫猫蝶们伤心地点了点头。

第一只猫猫蝶说："我们非常担心那些卵，它们可能会被冻坏的。"

这可真是个紧急状况！可不能让那些卵冻坏了。我得赶快想个主意出来，这时候就需要动脑筋护目镜了！我找了半天，突然意识到我早就把它戴在头上了，真是的！

"别担心啦，猫猫蝶。咱们肯定有办法把你们的小宝宝救出来的！现在让我想想，我们得让那些冰化掉，让冰化掉……"我一边念叨着，一边敲着头上的动脑筋护目镜。

用热水应该可以，但是我要怎样把足够多的热水带到森林里的那个小洞去呢？倒是可以用保温瓶，可是我不知道洞里到底有多少冰。所以肯定还有别的办法能让冰融化。加油啊，动脑筋护目镜！

我越想越着急，越着急越觉得热，甚至热

得像过夏天一样了。啊，有啦！夏天的时候，我最喜欢的游戏之一就是"冰块考古"了，妈妈会把一些玩具和小玩意儿放在盒子里，再往盒子里倒满水，放进冰箱里冷冻。第二天，她把盒子从冰箱里拿出来，盒子里的东西变成了一大块里面冻着各种玩具的冰块。然后，我就可以把这些宝贝一个个地从冰块里慢慢挖出来，用到的工具有刷子、滴管、水，还有……

——还有盐！就是这个！而且最棒的一点是，把盐带到森林里去还是很轻松的。

"就是这样！"我忍不住喊了出来，把猫猫蝶们吓了一跳，"对不起，我不是故意吓你们的！我想到了一个计划，不过我得先去拿点必要的东西，然后问问爸爸我能不能去森林那边。"

猫猫蝶立刻准备和我一起走。

"嗯……爸爸看不见你们。不过，假如他看见我对着空气讲话的话，一定会被吓坏的。

所以你们还是在暖气边上等我几分钟吧,这样可以吗?"

两只猫猫蝶对视了一眼,然后点了点头。"我们可喜欢暖气了。"他们一边说,一边像猫一样响亮地打着呼噜。

我忍不住笑了起来。我以最快的速度向家里跑去。但愿爸爸能让我自己到森林里去——我可是要去救猫猫蝶的卵呀!

第四章

到森林去

我跑进家里,砰的一声关上了门。

"这么快就回来啦,佐伊?是谷仓里太冷了吗?"爸爸在厨房里问道。

我在厨房门口脱下靴子:"不是,还不算太冷。嗯……我能去森林里一趟吗?"

爸爸看了看窗外,皱起眉头:"这可不好说……外面还是很冷的。现在也有点晚了。你过几天再去怎么样?我估计这个星期后几天就暖和了。"

这可不妙，猫猫蝶的卵本来就不能受凉，而现在它们还被冻在结冰的瀑布后面。我甚至不知道它们在现在这么冷的天气下能支撑几个

小时，更不用说还要等上几天了。

"拜——托？求你了？今天应该不会再下雪了，对不对？我会戴好手套，穿得暖暖和和的！我只是必须到森林里去找点东西，不会走太远的，所以我很快就能回来。"我努力向爸爸露出了一个最甜美的笑脸。

爸爸看了看窗外，又看了看手表，轻轻叹了口气。

"去吧，不过你得在二十分钟后回来。"

我连忙点头。

"只能去二十分钟，不能再久了！"他重复了一遍，怀疑地扬起一边的眉毛。

"我保证准时回来！不过现在我得先拿点东西。我会非常快的，谢谢爸爸！"我一边道谢，一边抱了抱爸爸。然后我立刻跑进厨房，从碗橱里找出了家里唯一一只保温壶。我往保温壶里灌满热水，又拿走了厨房里的盐，最后从起居室里拿上我的书包。我把学习用具一股脑儿地倒在地板上，把盐和保温壶装了进去。现在我还需要一样东西……

我蹲下来对萨萨说："嘿，亲爱的，我想给你布置一项任务！谷仓里有两只特别可爱的猫猫蝶需要咱们帮忙。所以一会儿我到森林里去的时候，你能帮他们保暖吗？我会把你们装在书包里的，这样你身上就不会沾湿了。"为了让萨萨乐意接受我的提议，我还挠了挠他的下巴。

萨萨一会儿看看房门，一会儿看看书包，来来回回看了好几次，最后他深深地叹了口气，走到我的书包旁边。

看来他是同意坐在书包里一起去喽！我拿了一件毛衣，塞进书包里给萨萨当垫子，接着又把萨萨放了进去。我没有拉上书包最上面的拉链，这样萨萨就能看见外面了。我小心翼翼地背上背包，包里满满地装着保温壶、盐，还有猫，可真够沉的！好在我的力气大。

　　"现在只要去找猫猫蝶就好啦!"我轻轻地对后背上的书包说,然后深一脚浅一脚地踩着积雪走向谷仓。

第五章

和猫猫蝶碰面

我打开谷仓的大门,听见猫猫蝶们正舒服地打着呼噜,忍不住微笑起来。我走到桌子旁边,萨萨从书包里跳了出来,砰地落在桌上,把猫猫蝶们吓了一跳。

猫猫蝶们的眼睛瞪得大大的,他们拍着翅膀飞了过来,张开六条毛茸茸的腿想要抱抱萨萨。"哎呀呀,这是什么呀?"两只猫猫蝶一边绕着萨萨转来转去,一边异口同声地问道。

"这是我的猫咪萨萨！"我骄傲地告诉他们。

萨萨看看我，又看看猫猫蝶，往后退了一小步。

我揉了揉萨萨的毛："别担心，这就是我刚才跟你说过的猫猫蝶，他们不会伤害你的。"

一只猫猫蝶落在萨萨的前爪上，用小脑袋蹭了蹭萨萨的毛："你居然给我们找来了一

只猫!"

第二只猫猫蝶也用头亲昵地碰着萨萨的另一只前爪:"他身上多暖和呀,太谢谢你了!"

萨萨的耳朵倒向一边,他用充满怀疑的眼神看着我。

"拜托,萨萨,咱们得赶快行动!"

萨萨又深深地叹了口气,他弯下身子,让猫猫蝶们跳到自己身上。他们钻进萨萨的身上的长毛里，又开始舒服地打起了呼噜。

　　我开心地拍了拍手，这一幕真是太可爱了！拍成照片一定很棒，可惜我得抓紧时间，照相什么的只能晚点再说了。我轻轻地把这一团由猫和猫猫蝶组成的毛球放进书包里。还有多少时间？我看了一眼手表，十五分钟以后我和萨萨就必须回家了。于是我连忙以最快的速度走向猫猫蝶们的洞穴。

第六章

破冰！

一到洞穴外面，我就知道自己找对了地方。在洞穴的入口，一群猫猫蝶挨挨挤挤在一起，就像一座布满粉色斑点的小雪山一样。我把背包放在附近的一块石头上，包里的两只猫猫蝶立刻从萨萨的长毛里钻了出来，飞进了洞穴。

萨萨看了看周围，发现满地都是雪，就打定主意要留在书包里了。

留给我的时间不多了，所以我不顾萨萨的

抱怨，从书包里摸出保温壶，带着它凑近洞口。我很难看清洞里到底有什么，不过好歹能看到一层亮闪闪的冰，那一定就是他们所谓的结冰的"瀑布"了。

之前的两只猫猫蝶叫醒了洞穴里的同伴，把自己这天早上到谷仓去的冒险经历讲给他们听，最后还一齐指向了我："这是佐伊，她会把咱们的卵救出来的！"

洞穴里的猫猫蝶们欢呼起来。

那两只猫猫蝶接着说道："佐伊还有一只猫，一只真正的猫！他身上可暖和啦，快来看看吧！"

洞里的猫猫蝶听了这话，立刻一股脑儿地冲到洞口，争先恐后地向外看着。

"哎哟！！！"他们突然齐声喊了起来，然后一个接一个地飞了出来，最终所有猫猫蝶都落到了我的猫咪身上。他们把自己深深地埋进萨萨的长毛里，惬意地打起了呼噜。

我真希望照相机在身边，因为现在萨萨浑身都被雪白的翅膀盖满了，只能勉强露出一张脸。我原本以为他会很紧张的，没想到他看起

来居然笑眯眯的。也许如果有十几只很小很小的猫咪打着呼噜贴在你身上的话,你无论如何都会开心起来的。

我又看了一眼手表,糟糕!只剩下几分钟的时间了。

我连忙扭开保温壶的盖子,壶口冒出一股白气,看来里面的水还热着呢,这让我松了一口气。我把胳膊伸进洞里,把所有热水都泼到困住猫猫蝶卵的冰层上。冰面噼噼啪啪地响了几声,出现了几道裂缝,但是想让冰层完全融化的话,这点热水还不够。

幸好我带了盐过来。我得等到明天才能回到这里,所以最好现在就把所有盐都用掉。用了这么多盐,那些冰肯定能融化的!

我用牙把手套拽了下来,然后往手上倒了一大堆盐,尽力把这些盐全都抹到洞里的冰层上。抹完之后,我把耳朵凑近洞口,虽然背后一片猫咪打呼噜的声音很大,我还是清楚地听见洞里冰面裂开的声音越来越响了。

我又看了一眼手表，急得好像心一下子就跳到嗓子眼儿了。我们没时间了，必须马上回家！

"猫猫蝶！对不起，我们真的得走了。如

果我回家太晚的话，爸爸会很担心的。我觉得冰面上的那些盐会把冰融化的。我明天早上再过来看你们，我还会让妈妈一起来，如果今晚冰没有化掉，明天也会有办法的。"

猫猫蝶们从萨萨身上飞了起来,一边绕着我的脑袋飞来飞去,一边七嘴八舌地道谢。我咯咯地笑了。这些小家伙真是太可爱啦!他们喊着"明天见啦,佐伊!",飞进洞里过夜去了。

我背上装着萨萨的书包:"萨萨,坐稳喽!"萨萨团起身子钻回包里,我飞快地往家的方向跑去。

第七章

时间刚刚好

我冲进家门,轻轻地把装着萨萨的书包放在地上,双手撑着膝盖直喘粗气。三秒钟之后,爸爸从屋里走了出来,

"啊,你已经到家啦!你果然说话算话,真是太好了!我本来都有点担心了,不应该这么晚还让你到森林里去的。"

"也谢……谢……爸……爸,"我喘着粗气说,"能……让我……跑……这一趟……"

萨萨的耳朵突然竖了起来,脑袋飞快地转

向前门的方向。门开了,原来是妈妈回来了!

"外头可真冷啊。"妈妈一边说,一边提着两只购物袋和一只小小的塑料袋走进厨房。看见我狼狈的样子,她忍不住问道:"你刚才干什么去了?"

"呃……我刚才出去办点事,"我冲妈妈挤了挤眼睛,"去森林里了。"

"森林里有事要办?哦哦!"妈妈立刻明白我想说的是什么。

"我来帮妈妈收拾东西吧,爸爸!"我开心地对爸爸喊道。

"好吧,那我就不打扰你们了。"爸爸说完就走出了厨房。

"妈妈,你见过猫猫蝶吗?"我小声问道,"他们真是太可爱啦!他们的卵被冰层困住了,不过我把它们救出来啦……至少我觉得应该是把它们救出来了,因为我得赶快回家。我们明天可以一起去看看它们吗?我想看看它们是不是真的没事了。明天早上一起来就去,可以吗?"

妈妈笑了起来:"他们听起来确实很可爱,我也很想亲眼看看这些猫猫蝶。你做得非常好。等到明天早上,咱们第一件事是就去看他们好啦!对了,我还给你买了这个。"

妈妈把一只袋子推到我面前,我把它打开,忍不住开心地喊出声来:"给萨萨做雪鞋

的材料！太好啦！谢谢妈妈！"

"把你画好的图纸拿过来，咱们现在就动手开始做。这样明天早上出门的时候萨萨就有雪鞋穿了。"妈妈收拾完买来的东西之后对我说，我立刻飞跑着拿来了猫猫雪鞋的设计图。如果我们动作够快的话，明天萨萨就能穿着最酷的雪鞋去拜访猫猫蝶啦！

第八章

别再下雪啦!

我一大早就醒了,还冷得直打哆嗦,于是我把暖乎乎的萨萨扯进怀里,他也舒服地打起了呼噜。然后我突然想起了猫猫蝶,不由得立刻从床上跳了下来。萨萨也猛地往旁边一跳,落地的时候,他尾巴上的毛都竖起来了。

"对不起啦,小萨!"我揉了揉萨萨的毛,"咱们得赶快去看看那些猫猫蝶!"

萨萨喵喵地大叫了几声,就跑到厨房里

去了。

妈妈正坐在厨房的桌子边上,一脸忧郁的表情,她对我摇了摇头。

我紧张地咽了口唾沫:"怎么了,妈妈?"

妈妈慢慢地看向窗外。

狂风正卷着亮闪闪的雪花上下翻飞,到处都是白茫茫的,我几乎看不清楚不远处的树

林。我的心情很低落，我们今天不可能到树林里去了。因为那儿太危险了，这么大的风雪会让树枝折断的。

"佐伊，我相信他们会没事的，"妈妈说，"今年春天的暴风雪看来还会持续一段时间。天气预报说明天就不会再下雪了，不过今天咱们得待在家里，等雪停了再说。"

我走到橱柜边朝窗外看了一眼。雪下得可真大，完全看不清森林里是什么情况。

"我这儿有点能让你开心起来的东西！"妈妈一边说，一边把四只小鞋子放到我面前，"昨天晚上你睡着以后，我又给它们收了收尾。你准备好了吗？让咱们勇敢的小猫咪试试新鞋吧！"

猫猫蝶的事依然让我感到很难过，不过看到那四只小小的猫咪雪鞋，我还是忍不住微笑起来。我拿着鞋子坐在地上，萨萨凑了过来，小心翼翼地闻了闻我手上的雪鞋。

"这鞋子可棒了，萨萨，等你穿上就知道啦。"我把萨萨抱在怀里，给他的四只爪子分别套上雪鞋，又把尼龙搭扣粘好，这样鞋子就不会掉下来了。好啦，现在该看看这一招是不是行得通啦！

萨萨向前迈了一步，然后他停了下来，皱了皱鼻子，又往前迈了一步，抬起穿着鞋的爪子闻闻，最后才神气活现地走起来。他高高地仰着脑袋，竖起毛茸茸的尾巴，得意扬扬地踩着猫步在厨房里走来走去，逗得我和妈妈笑弯了腰。爸爸探头向厨房看了一眼，萨萨的模样让他也大笑起来，甚至连眼泪都笑出来了！

我们笑够了以后，爸爸朝窗外看了看，深深地吐了一口气，耸了耸肩膀："看来我又得去铲门口车道上的雪了。"

我忍不住咧开嘴露出一丝得意的笑，我刚好知道怎样能让爸爸轻松一点！"爸爸，你可以用盐呀！盐会让冰雪融化的，这样你就不用费力气去铲啦！"

妈妈拍了拍我的头："这是个好主意，佐伊，因为盐可以改变水的冰点，所以才能让冰融化。不过，盐有可能会伤害植物，所以对环境不太好，还是让爸爸用老办法除雪好了，咱们可以煮点热可可等着他回来。"

这时候她留意到了我脸上的表情："怎么了，宝贝？有什么问题吗？"

我清了清嗓子。其实我不太想问，可我还是必须弄清楚："你刚才是说盐会伤害植物？"

第九章

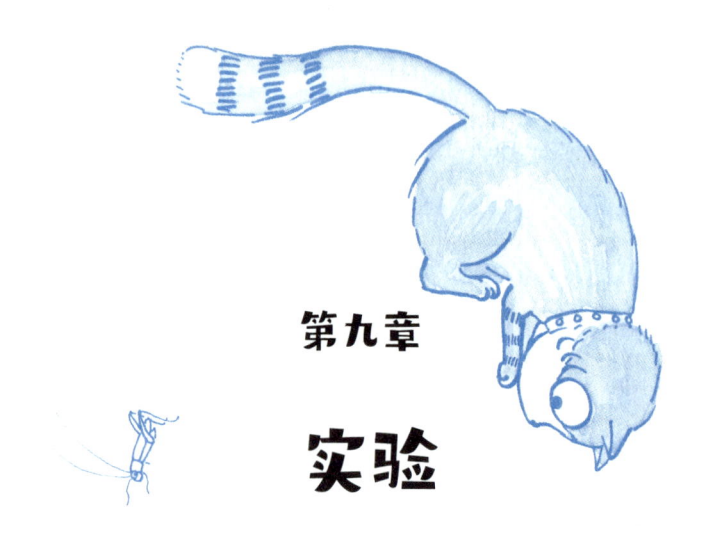

实验

妈妈把橱柜表面清理干净。

"佐伊,你能拿两只一样大小的碗和一只量杯过来吗?"

妈妈说,想要搞明白盐到底对植物有什么影响,最好的办法就是做个科学实验。我把量杯和碗放到盐瓶旁边,妈妈在一旁把土豆切成薄薄的大片,看起来有点像扁平多汁的薯条。

妈妈清了清嗓子:"好啦,现在咱们看一看,如果往一边的土豆片上加一些盐,另一些不加的话,最后会发生什么事。别忘了,在做

实验的时候，咱们总是应该——"

"只改变里面的一样东西，让其他东西维持不变！"我插嘴说，妈妈笑了起来。

"就是这样，所以咱们现在应该改变的是——"

"是盐！所以咱们得在每只碗里放上相同大小的土豆片，再加上同样多的水。"

"没错！"妈妈微笑着把量杯递给我，我之前拿来的碗还挺大的，所以我决定在每只碗里倒上两杯水。接着我又挑了两片看起来完全一样大的土豆片,把它们分别放进碗里。

妈妈拧开盐瓶的盖子,把它递给我。

"这一整瓶都要倒进去吗?"我忍不住问道。

妈妈点了点头,我把瓶里的盐一股脑儿地倒进一只碗里,再把碗里的水、盐和土豆片搅

拌均匀。

"你确定这样可以吗?"我看着碗里的东西问,"这里只有一片土豆,而不是整棵植物。"在我看来,土豆片和猫薄荷的区别太大了,所以就算土豆有变化,猫薄荷可能也会没事的。

"在这个实验里,一片土豆就能代表整棵植物,虽然土豆片只是土豆植株的一小部分,但它还是能告诉你整棵植物放在这么浓的盐水里会变成什么样子。

哦,是这样啊……也许这片土豆片不会发生什么变化?但愿不会吧,因为我真的希望猫猫蝶们的猫薄荷没事。一旦猫猫蝶的卵孵化了,它们还要靠猫薄荷的枝叶填肚子呢!

妈妈在定时器上设定了三十分钟:"现在咱们等着就好啦。"

第十章

橡皮土豆

我和萨萨把鼻子贴在窗户上,百无聊赖地看着外面下个不停的大雪。等定时器一响,我们就立刻跑进厨房,想要看看土豆片变成了什么样子。萨萨实在是太好奇了,他甚至跳到了橱柜上。

"萨萨,别这样!"妈妈一边批评萨萨,一边走了过来。

萨萨低下头,灰溜溜地跳了下去。

我先从没加盐的水里捞出土豆片,弯下身子拿给萨萨看。他凑过去闻了闻,但是一滴水从土豆片上落下来,萨萨立刻弹开了。

"我觉得这片土豆没什么变化,"我戳了戳手里的土豆片,"可能只是变硬了一点点?现在它不太容易弯折了。"

妈妈点了点头。

我又把手伸进盐水里,手指一碰到土豆片,我就忍不住做了个鬼脸。我从水里拎出土

豆片，跪在地上让萨萨看："萨萨，这个可有点恶心，"我一边说，一边把那片土豆托在手上扭来扭去，"这手感有点像橡皮。"我仰起头来问妈妈："这是为什么呢？"

"因为万物都是尽其所能地保持平衡。"妈妈在桌边坐下，从我手里捡起那片泡过盐水的土豆，"如果土豆外面的盐分比土豆里面的高，那么为了让盐度平均，水分就会从土豆里面跑出来。不过现在跑出来的水分还不算很多，咱们就这样让它泡一夜，明天早上你就能看出很大的差别了。为了平衡土豆内外的盐分，水分会源源不断地从土豆里流出来。"

我从没有放盐的水里捡出另一片土豆："这片土豆已经比较均衡了？所以才没有很多水分转移出去？"

妈妈点点头："就是这样。所以现在你能想到盐水对整棵植物有什么影响了吗？"

我戳着盐水里的那片"橡皮土豆"，一

边思考一边念叨着:"如果植物周围有很多盐的话,植物就会通过转移水分来让盐分平衡……那就意味着……"我倒吸了一口凉气,糟糕啦!

"怎么了,宝贝?"

我把脑袋垂得低低的,眼睛看着自己的脚面:"呃……我犯了个错误,妈妈。帮助猫猫

蝶的时候，我往冰上涂了一大堆盐，我以为这样能让冰融化得快一点。因为我实在是太担心猫猫蝶的卵被冻坏了！"我慢慢地捏起那片"橡皮土豆"，"明天他们的猫薄荷会不会也变成这样？如果变成这样的话……刚孵出来的猫猫蝶宝宝就没得吃了！"

妈妈拍了拍我的后背：

"好啦，宝贝，所有人都可能犯错。而且谁也说不好盐水到底能流多远。现在咱们只能等等看了。试试想点别的事情吧，不论是什么情况，咱们都得等到明天才能知道。"

明天，在我听起来就像是很久很久以后的事情！不过，妈妈说得对，我应该多想想别的事情，这样我就不会太担心了。在妈妈煮热可可的时候，我拿出了科学笔记，开始把我知道的所有关于猫猫蝶的知识写下来：

关于猫猫蝶，
我已经知道的：
- 他们会产卵。
- 他们的卵不能着凉。
- 卵会孵出猫猫蝶幼虫。
- 猫猫蝶幼虫会吃猫薄荷（寄主植物）。

然后我又记下了目前还不太明白的事情：

关于猫猫蝶，我想知道的：

- 他们会结茧吗？
- 成年猫猫蝶吃什么？
- 猫猫蝶幼虫会说话吗？
- 萨萨能听明白他们说什么吗？

我一边写着，一边慢慢喝着热可可，萨萨在我的腿上打着呼噜，这让我感觉好多了。没准儿那些猫薄荷不会变成"橡皮土豆"那样呢。

第十一章
雪终于停啦!

"嘶嘶!"

我猛地睁开眼睛,这是什么声音?我转过头去,差点一头撞在妈妈脸上。我从床上跳了起来。

妈妈笑了:"对不起啦,宝贝,这么早就得把你叫起来。"她抬起一只手,向我晃晃手里拎着的一只背包,包里装得满满当当的,"我刚才跟你爸爸说,我们这两天在家里憋得太难受了,所以今天早上得出去散散步。"

房间里很亮,我不由自主地眯起了眼睛。等等……如果房间里很亮的话!是阳光!"出太阳啦!"我开心地喊道。

"是的。"妈妈点点头,"新闻上说,今天下午所有积雪都会融化。暴风雪终于完全过去了,今天会很暖和的。"

我一边听妈妈说话，一边穿上踩雪用的装备。

"但是今天早上外面还是只有零下0.5摄氏度，"妈妈说，"你还记得这说明什么吗？"

我点点头："水的冰点是0摄氏度，而零下0.5摄氏度要比0摄氏度低，所以冰雪还不会融化。可是如果气温升到0摄氏度以上的话，水就不会结冰了……所以那时候冰雪就会融化了？"

妈妈露出

了微笑:"就是这样,今天下午就能达到13摄氏度了,这个温度甚至可以说是有点热啦!"

我们在厨房里待了一小会儿,我拿了一片妈妈做好的黄油吐司准备路上吃,萨萨也塞了满满一嘴猫粮,耐心地等着我们给他穿上猫猫雪鞋。

这次去森林里,就是神气活现的萨萨走在最前面了。虽然我想尽量保持平静,但我的心还是紧张得怦怦狂跳。我真心希望猫猫蝶和他们的卵平安无事,更希望他们的猫薄荷不出什么问题!

可是一看到那些猫薄荷,我的脚步就慢了下来。洞口所有猫薄荷都枯萎了,甚至有几棵猫薄荷的叶子都变黄了!我都干了些什么呀?

我的眼泪止不住地流了下来。现在猫猫蝶该怎么办呢?他们的宝宝一出生就得吃很多猫薄荷叶子,可是现在只剩下几棵猫薄荷没事。难道猫猫蝶宝宝们要因为我的失误挨饿了吗?

妈妈温柔地托起我的下巴，让我看着她的脸："别担心，宝贝。我还有几个妙招没拿出来呢。不过咱们得首先把猫猫蝶找出来。"

我用手套扫干净一块石头上的雪，萨萨就坐在上面等着。他的眼神不断地往猫薄荷那边飘，但是他知道，我们必须把这些猫薄荷留给猫猫蝶。我真为萨萨的表现感到骄傲，对他来

说，这一定就像坐在糖果店里却忍着不去吃糖一样！

我们三个到处都找遍了，却完全没看到猫猫蝶的影子。我有点不敢离洞口太近了——要是不小心踩上一只怎么办？

萨萨在空气中嗅了嗅，然后高声喵喵叫了起来。

这时我突然发现，洞口稍微有了一点动静。我赶快拍拍妈妈的肩膀，把有动静的地方指给她看。那里的一个小雪堆颤颤巍巍地摇晃起来，它晃得越来越厉害……最终蹦出了十几只猫猫蝶。他们直直地扑向了萨萨。

萨萨瞪大了眼睛看着我，只听见呼啦呼啦，他全身上下就立刻趴满了打着呼噜的猫猫蝶，他们的呼噜甚至让萨萨都跟着振动起来了。

虽然呼噜的声音很响,我还是勉强听见了他们的声音:"你给我们带来了一只萨萨!太感谢啦!他身上多暖和呀!"

我蹲了下来:"我很担心你们。昨天的风雪多大呀,可是我来不了。大家都还好吗?"

去过谷仓的一只猫猫蝶飞了过来,落在我的手腕上:"你的办法真不错,冰层果然裂

开了，我们把所有卵救出来啦！不过接下来又开始刮风下雪了，我们可不想再把卵困在冰里了。所以我们把卵放在洞口的石头上，然后堆在上面给它们保温。今天早上终于出太阳了，我们别提多高兴啦！可是我们的植物怎么了？"

我叹了口气:"我用盐的时候犯了个错误。盐虽然能让冰融化,但是会伤害你们的植物。因为盐会让植物失去水分,所以它们才变得又枯又黄。真的很抱歉,我不知道会变成这样的!"我的眼泪又流了下来。

猫猫蝶轻轻打着呼噜,温柔地蹭了蹭我

的手腕:"没关系的,佐伊。你把我们的卵救出来了嘛。何况还有几棵植物看起来没事,等我们的猫猫蝶幼虫孵化以后,有那几棵应该也够了。"

我仔细看了看那一小片猫薄荷,其中差不多一半都枯萎了。我摇了摇头,这看起来好像不太够。

妈妈搂住了我的肩膀。

"咱们得多找些植物过来,"我说,"我觉得这些应该不够猫猫蝶幼虫宝宝吃。"

妈妈点了点头:"那你觉得咱们应该怎么做呢?"

我从书包里摸出动脑筋护目镜戴上。现在我们需要更多的植物……更多植物……嗯,我想到的第一个词是"种子",不过这时候还没有植物开花,而且种子还需要很长时间才能长成植物。我第二个想到的居然是我的朋友苏菲。苏菲?拜托,动脑筋护目镜,虽然和苏菲一起玩很开心,但是现在……对啦!

"非洲紫罗兰!"我忍不住喊了出来。

妈妈露出了微笑。

在开始下雪之前,我一直在温室里为朋友们准备一个惊喜。妈妈教了我一个小窍门:从非洲紫罗兰上剪一些枝条下来,再把这些剪下来的枝条插进土里的话,它们就会长出根来。这真是又奇怪又好玩。等到这些枝条长成整棵植物的时候,我就可以在年底把它们分给朋友们。

"猫薄荷的枝条也能生根吗?咱们是不是可以从这些猫薄荷上剪一些枝条,把它们种到咱们的温室里,把这些枝条培育成新的植物?"

"这个计划听起来可真棒！你说得一点都没错，猫薄荷这样的草本植物确实和非洲紫罗兰一样，从植株上取下来的一部分还能继续生长。"

我把手上的猫猫蝶举到眼前："你们愿意到我家的温室里住上几个星期吗？"

"温室？那里有萨萨吗？"猫猫蝶问道。

"温室里当然有萨萨，而且温室里非常暖和。"我一边回答，一边用一根手指轻轻地摸了摸他的头。

"又暖和又有萨萨!那当然愿意啦!"猫猫蝶开心地叫起来。

"那咱们就开始干活吧。"妈妈走到一株依然健康的猫薄荷旁边,向我招了招手,"佐伊,你得把这一枝从这里剪下来,"她指了指一根顶端长着五片新叶的枝条根部,"再把它放进这只袋子里。"

把枝条剪好之后,我们就带着所有猫猫蝶一起回温室了。

第十二章

这是魔法吗？

妈妈拿出几个花盆、一大包盆栽土、一把洒水壶，还有装满猫薄荷枝条的袋子。就像为朋友们种非洲紫罗兰的时候一样，我用同样的办法把猫薄荷枝条栽进花盆里。我们一边干活，妈妈一边给我讲解：不是所有从植物上切下来的部分都能继续生长，只有特定的几种可以——比如芦荟和某些草本植物。而猫薄荷刚好是这些植物中的一种，我们真是太幸运了！

种完一盆猫薄荷之后，我后退了半步，欣

赏着我的劳动成果:"种这么多就够了吗,妈妈?猫猫蝶们是不是也需要吃猫薄荷呢?"

有一只猫猫蝶落在我手腕上:"傻佐伊,我们才不吃植物呢!植物多难吃呀!只有幼虫喜欢那个味道。我们吃的是鲜花里甜甜的花蜜,就像蝴蝶一样!"

"哎呀,花蜜最棒了!"其他猫猫蝶也呼

噜呼噜地附和着。

我在温室里到处看了看:"可是我们现在没有开花的植物,你们吃什么呢?"

"这个嘛,虽然我们平时吃的都是森林里那些花的花蜜,不过我们还有个小妙招,"猫猫蝶们咯咯笑了起来,"如果我们想换换口味的话,就会溜到花店里去。我们偷偷喝点花蜜

是不会伤到那些花的。花店里不仅有很多食物，还非常暖和呢！"我手腕上的那只猫猫蝶说完，就拍打着翅膀飞上了温室的天花板，"我们可以从这里出去，有时候长得小还是很有用的嘛！"

　　猫猫蝶飞回萨萨身边，这些小家伙的关注

依然让萨萨非常激动。我和妈妈一起把所有猫薄荷枝条栽进花盆里。全部种完之后,我和妈妈退了几步,忍不住微笑起来:萨萨已经蜷着身子在工作台上睡着了,他背上的十几只猫猫蝶也睡得正香。妈妈轻轻地把猫猫蝶的卵放在一盆刚栽好的猫薄荷底下,然后我们蹑手蹑脚地走出了温室。

第十三章

时候到了

我和萨萨欢笑着在院子里翠绿的草地上奔跑，明媚的阳光照在我们脸上，猫猫蝶们快乐地在初春温暖的空气中飞来飞去。我们正在玩抓人游戏，因为猫猫蝶飞得很快，所以实际上这场游戏不怎么公平（总是猫猫蝶赢），不过我们还是玩得很开心。

我躺在地上，打算喘口气。萨萨蹦到我的肚皮上，一群猫猫蝶也紧跟着他扑了过来。照在脸上的阳光暖洋洋的，我舒服得闭上了眼睛，但萨萨突然喵地叫了一声。

"怎么啦，亲爱的？"我揉着萨萨的毛问道，一只眼睛睁开一道小缝。原来是妈妈走了过来，她穿着在花园干活时穿的衣服，手里拎着一只水桶。

我用胳膊肘撑地坐了起来。

"时候到啦。"妈妈说。

虽然我知道这一刻早晚都会来,却还是闷闷不乐地问道:"他们真的不能再多待一小会儿吗?"

"咱们得赶快把猫薄荷从花盆里移出来,它们已经长得很大,不能再种在花盆里了。而且猫猫蝶的卵随时都可能孵化,你可不希望那些猫猫蝶幼虫在温室里长大吧?这个季节的蓝天这么美,你难道不想让他们每天都能看见吗?"妈妈一边说着,一边高高举起双臂,微笑着仰起脸沐浴阳光。

妈妈说得没错,还是外面的世界更美。

"而且别忘了,你随时都可以去看他们呀。"妈妈补充说。

我叹了口气,从地上爬了起来。猫猫蝶们绕着我的脑袋飞来飞去。"时候到啦!该回家啦!"他们兴奋地欢呼着。

我跟在妈妈后面走进温室,努力要为猫猫蝶们高兴。把所有东西都装进手推车以后,我又跑回房子里拿了背包，里面装着照相机和科学笔记。我不能让猫猫蝶永远留在家里，但我至少能给他们拍一张照片。

我们一起走向那片猫薄荷地，我走在最前面，萨萨不情不愿地走在最后，背上驮着一群快乐的猫猫蝶。可怜的萨萨，没有这些猫猫蝶，他一定会很寂寞的！

"你要先把所有枯死的猫薄荷挖走，同时要多挖掉它们周围的一些泥土，"妈妈告诉我，"虽然这几个星期下的雨和雪应该能把盐冲干净，不过咱们还是保险一点比较好。我会在新种下的猫薄荷根周围添加一些新土的。"妈妈一边说，一边冲着小车上的一大包盆栽土点了点头。

我们忙了半天，终于把最后一棵猫薄荷小苗也栽进土里了。我拍拍刚刚培上的泥土，坐下来欣赏着我们的杰作。"萨萨是不是表现得不错？他甚至没把口水滴到猫薄荷上！"我问，扭过头去到处找着萨萨，"等等，萨萨跑哪儿去了？"

我和妈妈找了一圈，发现萨萨正一动不动地坐在一株新种下的猫薄荷前面。

"他这是干吗呢？"我凑过去仔细查看，发现他正拼命盯着自己的鼻子，两只眼睛都成了斗鸡眼。我笑得差点坐在地上：原来是一只小小的猫猫蝶幼虫趴在萨萨的鼻子正中间，它一边打着呼噜，一边用许多

条小腿揉着萨萨的鼻子。

"猫猫蝶幼虫孵出来啦!"我对妈妈喊道。妈妈也跑了过来,被冰棍一样愣在那里的萨萨逗得哈哈大笑。

"等等!"我叫住了妈妈,在书包里翻了起来。有啦!我的照相机在这儿哪。这一幕拍成照片一定棒极了!不过拍照的时候我得努力屏住呼吸，不然我一定会笑个不停，那就抖得拍不成照片了。我拍好了照片，才让那条猫猫蝶幼虫爬到我的手指头上。萨萨也终于松了一口气。

"他真的好小啊！"我轻轻摸了摸猫猫蝶幼虫的后背，他舒服地咕噜起来，"哎呀，他真是好可爱啊！"

我又让妈妈拿了一会儿小猫猫蝶幼虫，才把他放在一片猫薄荷叶子上。

在我们的注视下，小猫猫蝶幼虫飞快地吃光了一片又一片猫薄荷叶子。

"他可真能吃呀，是不是？"我问妈妈。

"是啊！幸好咱们有温室，这些新种下的猫薄荷才能这么快长大。"

"他的身子这么小，怎么能装进那么多吃的呢？"我一边仔细打量着猫猫蝶幼虫，一边小声念叨着。

"啊，这个嘛，他其实装不下的，所以他们才需要蜕皮。每蜕过一次皮，他们就会明显变大一点，就像普通的毛毛虫一样。"

"就像蜉蝣的幼虫一样吗？"我追问道。因为这时我突然想到了去年夏天帮助过的小水马，现在天气这么暖和了，我们也该去看看他们啦。

"是的，就像蜉蝣的幼虫一样。"

我打了个冷战："幸好我只要长个子就好了，蜕皮才能变大听起来好恶心呀。"

妈妈笑了起来:"这么说,你不是昆虫真是太好喽!一旦这些猫猫蝶幼虫长得够大了,他们就会变成硬硬的蛹,在里面重新组合身体的各个器官,最终变成猫猫蝶。

我忍不住做了个鬼脸。重新组合身体器官?好像更恶心了。

"聊了这么多蜕皮之类的事情,你应该饿

了吧?"妈妈调皮地冲我挤挤眼睛,"咱们赶快收拾收拾,准备回家吃晚饭吧。"

猫猫蝶们飞来飞去,照顾着刚孵出来的幼虫,好让每一条小虫都有东西吃。我和妈妈向他们道了别,萨萨留恋地看了猫猫蝶和猫薄荷最后一眼,和我们一起踏上了回家的路。

第十四章

谁在敲门?

我把非洲紫罗兰的小苗摊在餐桌上仔细检查,萨萨也坐在我怀里看着。我小心翼翼地拂去我种下的叶茎根部的泥土,轻轻地把叶茎从土里提出来。茎的根部已经长出了细小的根须,真是太棒啦!

我把叶子拿到萨萨眼前晃了晃:"看!是新长出来的根!如果我告诉朋友们种下叶子也能长出新植物的话,他们一定会吓一跳的!"

萨萨眨了眨眼表示同意,然后突然把头扭向一边,两只耳朵也转向厨房的方向。

"喵?"

"你听见什么了,萨萨?"我也竖起耳朵仔细听着,但是什么都没听见。

萨萨从我怀里跳出来,朝后门跑去。我紧紧跟在他后面,还在努力听着任何可能有的响动。

萨萨跑到门边,一边着急地喵喵叫,一边伸长爪子去抓门把手。

"也许你总有一天能学会开门的,不过现在还是让我帮帮你吧!"我坏笑着帮他拧开了门把手,门外的台阶上放着一大把猫薄荷,边上还有一张很小很小的字条。

我把纸条捡了起来,上面写着字。

我露出灿烂的笑容:"萨萨,这都是给你的!"

我一边说着,一边对他鞠了个躬。

萨萨朝着猫薄荷迈了一步,又抬起头看看

我:"喵喵喵？"

"快去吧，这都是你的啦！"我挥手让他过去。

萨萨快活地打着呼噜，流着口水在猫薄荷上面打起滚来，整只猫开心得都要融化了。

我又看了看手里那张小小的字条，发现上面还有一个小小的爪印，这些猫猫蝶真是太贴心了，我简直不敢相信他们的猫薄荷居然多到可以分给萨萨。除非……除非……

"萨萨！"我喊道。

他仰起脑袋看了看我，一边脸上还粘着不少口水和压碎的猫薄荷。

"是那些猫猫蝶幼虫！他们现在一定顺利变成蛹啦！所以他们才不再需要猫薄荷了，咱们得去看看！"

"喵——"萨萨一边叫唤，一边用爪子拍了拍那堆湿漉漉的猫薄荷。

"好吧，你再玩两分钟。然后我们就要去

看他们了。"我又看了一眼字条,突然想到应该把它粘到科学笔记里,这样就不会弄丢了。因为这张小不点儿的字条真的很可爱。

我回到自己的房间,把字条粘到记着猫猫蝶的那一页,边上就是萨萨那张鼻子上趴着猫猫蝶幼虫的照片。我脑袋凑近照片,好像还能隐约听见猫猫蝶幼虫很轻很轻的呼噜声呢。真想看看他们的蛹是什么样子,我简直都等不及啦!我跳起来飞跑出去,带起了一阵小风,吹得桌上的笔记翻开了全新的一页。

这空白的一页正静静等待着与魔法动物的下一次相遇。

术语表

保护色：如果某种动物身体的颜色能够和它们生活的环境融为一体，那么捕食者就很难找到它们。

茧：毛毛虫在变成蝴蝶或者蛾子之前的生命阶段。

冰点：液体转化为固体的温度。水的冰点是0摄氏度，是水变成冰的温度。

寄主植物：蝴蝶妈妈会在特定的植物上产卵，这样毛毛虫宝宝孵出来时就立刻有东西可吃了。不同的蝴蝶或者蛾子会选择不同的寄主植物。

若虫：昆虫幼虫的一种。

捕食者：捕捉其他动物为食的动物。

图书在版编目（CIP）数据

猫猫蝶与冰雪/（美）爱莎·西特洛著；（美）玛丽安·林赛绘；夏高娃译. — 北京：北京联合出版公司，2021.10

（佐伊总是有办法：给孩子的第一套科学实验故事书）

ISBN 978-7-5596-5134-1

Ⅰ.①猫… Ⅱ.①爱… ②玛… ③夏… Ⅲ.①儿童故事-图画故事-美国-现代 Ⅳ.①I712.85

中国版本图书馆CIP数据核字（2021）第137028号

Caterflies and Ice
Text copyright 2017 by Asia Citro
Illustrations copyright 2017 by Marion Lindsay
This edition arranged with Kaplan/Defiore Rights
through Andrew Nurnberg Associates International Limited

猫猫蝶与冰雪

佐伊总是有办法：给孩子的第一套科学实验故事书

作　者：（美）爱莎·西特洛		绘　者：（美）玛丽安·林赛	
译　者：夏高娃		出品人：赵红仕	
产品经理：于海娣		版权支持：张　婧	
责任编辑：徐　樟		特约编辑：丛龙艳	
装帧设计：人马艺术设计·储平		内文制作：任尚洁	

北京联合出版公司出版
（北京市西城区德外大街83号楼9层　100088）
北京联合天畅文化传播公司发行
天津中印联印务有限公司印刷　新华书店经销
字数 210千字　787毫米×1092毫米　1/32　19.75印张
2021年10月第1版　2021年10月第1次印刷
ISBN 978-7-5596-5134-1
定价：136.00元（全6册）

版权所有，侵权必究
未经许可，不得以任何方式复制或抄袭本书部分或全部内容
如发现图书质量问题，可联系调换。质量投诉电话：010-88843286/64258472-800

"Those who don't believe in magic... will never find it."

Roald Dahl